WONDER LAND

奇幻食光

HUGO HSIAO

SALTED LEMON

鹽漬檸檬

午後的檸檬樹下，呆坐著
讓雲朵般的夢飄浮在藍天下片刻
然後撈起，再度收進玻璃罐子裡
放幾片檸檬和鹽，醃著

鹽漬一罐檸檬
醃製一瓶時間
靜待白兔出現的瞬間

起身躍入樹洞追逐白兔　　往下跳，只需要自言自語的勇氣

JARs & TAGs

標籤的瓶瓶罐罐

標籤上的墨水寫著什麼
而瓶子裡的東西又是什麼呢？

我應該是誰
而我本來是誰呢？

SECRET DONUTS

神祕甜甜圈

選擇是分不清左右的甜甜圈
而智者的話像空心的煙霧
到底該左邊咬一口？
還是右邊咬一口？

改變
開始於吃進肚子裡的一切

吐司小門 TOASTED

D🍞RS

咬了幾口甜甜圈

突然變大的身體

該怎麼擠進白兔穿過的小小門

TEARDROPS
JELLY

眼淚果凍

挫折化成眼淚的果凍
眼淚果凍匯成了小河

隨著淚水變小的身體，在河裡乘風破浪，下雨天追逐奔跑的兔子
沒有陽光的午後，折射出一點晴天的鹹味

BLACK PEPPER POT-AU-FEU

黑胡椒燉湯

雨後的天空很寬很高
飄浮的雲好似用力伸長手就能碰到

豬和想像力都可以靠著胡椒飛翔
雲和夢想都適合在藍天飄浮

FLOWER TART
花瓣塔

游向前方的花花世界，甩乾身上的眼淚
糖漬整片花園的荒謬，正是吃貨的幸福邏輯

HERBAL TEA

瘋癲花草茶

「瓶子裡的瘋子」
「瘋子裡的瓶子」
「我是瘋子，他們是瘋子；你也是瘋子」

花園深處的神祕夜空裡
謎樣的貓眼閃爍的哼著
一抹怪誕的微笑隨著花草茶漾漾地泡開
是閒言閒語，還是輕描淡寫的忠告？

BUTTER HONEY 奶油蜂蜜厚鬆餅
HOTCAKE

半夜下午茶，非生日也要吃蛋糕
瘋帽遞上用執著泡好的熱紅茶

那些奇怪的，不完美的，做著白日夢的
都跟著奶油一起甜甜的融化吧

或許就這樣停在鬆軟香甜的三點一刻吧

再啜一口溫暖的熱紅茶

白兔又出現了

red & white
POPCORN

紅白爆米花

追逐著白兔來到巨龍看守的華麗花園

盛開的紅色爆米花
是誰付出的代價

ROSELLE JAM

洛神花果醬

那些獻出的真摯心臟
釀成一罐罐豔紅的輕聲細語
成為皇后的收藏

宮殿中央

盛開的紅花在光線折射下閃閃發亮

踮起腳尖

折下一朵

FRUIT TART

水果塔迷宮

迷失的靈魂啊

華麗的水果塔
華麗的審判

迷宮裡，白兔低聲呼喚著

EGGS
BENEDICT

班乃迪克蛋

天馬行空的不能只是腦袋
還得把食光好好裝進肚子裡

品嚐平凡雞蛋煮成的盛宴
即使在迷宮裡
也步伐輕盈地尋找新的方向

LEMON CAKE

檸檬小蛋糕

跟隨發光的香味，想起雨季前用色彩醃漬的檸檬
想起初心，就能找到出口

敲開白日夢的殼

加幾匙糖打發

點綴檸檬的香氣和花瓣的色彩

倒入心模堆成夢想的形狀

撒一點黑胡椒

烘烤出天馬行空的紋理

焦香的蓬鬆和紮實，成為真摯的現實

咬一口酸酸甜甜，塞滿嘴的幸福

一段旅程結束

另一場冒險開始

下次要跟隨白兔跳進哪個樹洞呢？

獻給曾經或正奔跑在夢想路上的你

奇幻食光
WONDERLAND

作　　者／魚果
責任編輯／戴莉雯
美術編輯／魚果

總 編 輯／賈俊國
副總編輯／蘇士尹
編　　輯／高懿萩
行銷企畫／張莉滎・廖可筠・蕭羽猜

發 行 人／何飛鵬
法律顧問／元禾法律事務所王子文律師
出　　版／飛柏創意股份有限公司
　　　　　10444台北市中山區林森北路112號6樓
　　　　　電話：(02)2562-0026
　　　　　Email：publish.service@flipermag.com
發　　行／布克文化出版事業部
　　　　　台北市中山區民生東路二段141號8樓
　　　　　電話：(02)2500-7008　傳真：(02)2502-7676
　　　　　Email：sbooker.service@cite.com.tw

台灣發行所／英屬蓋曼群島商家庭傳媒股份有限公司城邦分公司
　　　　　　台北市中山區民生東路二段141號2樓
　　　　　　書虫客服服務專線：(02)2500-7718；2500-7719
　　　　　　24小時傳真專線：(02)2500-1990；2500-1991
　　　　　　劃撥帳號：19863813；戶名：書虫股份有限公司
　　　　　　讀者服務信箱：service@readingclub.com.tw
香港發行所／城邦（香港）出版集團有限公司
　　　　　　香港灣仔駱克道193號東超商業中心1樓
　　　　　　電話：+852-2508-6231　　傳真：+852-2578-9337
　　　　　　Email：hkcite@biznetvigator.com
馬新發行所／城邦（馬新）出版集團 Cit　(M) Sdn. Bhd.
　　　　　　41, Jalan Radin Anum, Bandar Baru Sri Petaling,
　　　　　　57000 Kuala Lumpur, Malaysia
　　　　　　電話：+603- 9057-8822　　傳真：+603- 9057-6622
　　　　　　Email：cite@cite.com.my
印　　刷／卡樂彩色製版印刷有限公司
初　　版／2018年（民107）08月
售　　價／640元
ISBN／978-957 9699-35-8

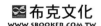